CRÉATION DU LOGO
DYLAN TODD

GRAPHISTE DE LA SÉRIE
MADISON GOYETTE

GRAPHISTE DE LA COLLECTION
MARIE KRUPINA

ASSISTANTS ÉDITORIAUX
GAVIN GRONENTHAL
& MAYA BOLLINGER

ÉDITEUR
ERIC HARBURN

Publié pour la première fois aux États-Unis en 2023 par BOOM! Studios, 5670 Wilshire Boulevard, Suite 400, Los Angeles, CA 90036-5679.

HUGINN & MUNINN
57 rue Gaston Tessier
75166 Paris Cedex 19
www.huginnmuninn.fr

Traduction de l'anglais (États-Unis) par Céline Graf
Lettrage réalisé par Studio MAKMA

www.facebook.com/huginnetmuninn
@HUGINNMUNINNOFF
@huginnetmuninn
@huginnetmuninn

ISBN : 9782364809154
Dépôt légal : mai 2023
Imprimé en Pologne par Interak

Certifié PEFC
Ce produit est issu de forêts gérées durablement et de sources contrôlées
PEFC/32-31-002
www.pefc-france.org

GRIM EST UNE CRÉATION DE

STEPHANIE PHILLIPS × FLAVIANO

SCÉNARIO

STEPHANIE PHILLIPS

ILLUSTRATION

FLAVIANO

COULEUR

RICO RENZI

LETTRAGE ORIGINAL

TOM NAPOLITANO

ILLUSTRATION DE COUVERTURE

FLAVIANO

CHAPITRE 1

NE CRAIGNEZ PAS LA FAUCHEUSE

* PAROLES DE LA CHANSON "DON'T FEAR THE REAPER" DE BLUE ÖYSTER CULT

...WE CAN BE LIKE THEY ARE...
ELLE EST À QUI, CETTE CAISSE... ?
...COME ON, BABY...
MERDE... MAIS C'EST MA CAISSE...
...DON'T FEAR THE REAPER...
EH BEN, TOUT EST DÉFONCÉ, SAUF LA RADIO...
J'AURAIS DÛ PRENDRE UN PUTAIN D'UBER...
J'AI MÊME DU BOL D'ÊTRE ENCORE EN VIE...
EH BIEN, À CE PROPOS...

... CE N'EST PAS LE CAS.

GR

QU'EST-CE QUE VOUS RACONTEZ ?
BRYAN MICHAEL ANDREWS.
TU ES **MORT.**
ET TOI, T'AS DEUX MOIS DE RETARD POUR HALLOWEEN.
QUI ES-TU ?
QU'EST-CE QUE TU FAIS ICI ?
JE M'APPELLE **JESSICA HARROW.**
JE SUIS UNE FAUCHEUSE...
... ET TOI, TU ES UNE ÂME.
C'EST QUOI, CE **DÉLIRE** ?
ÇA N'A AUCUN SENS... JE SUIS JUSTE LÀ...
NON... TU TE TROMPES... T'ES JUSTE **CINGLÉE...**
COMMENT JE POURRAIS ÊTRE... ?

... MORT... ?
NON... NON, NON, NON...
JE SUIS JUSTE BOURRÉ.
JE SUIS BOURRÉ ET TOUT ÇA, C'EST DANS MA TÊTE...
IL EST TEMPS D'Y ALLER.
J'Y COMPRENDS RIEN... ON A DROGUÉ MON VERRE ?
JE SUIS EN TRAIN D'HALLUCINER ET... ET JE VAIS ME RÉVEILLER DANS MON LIT...
TU NE PEUX PAS REPARTIR PAR LÀ. SUIS-MOI.
NON... C'EST PAS RÉEL...
HÉ !

NE T'APPROCHE PAS DE MOI !
TU NE PEUX PAS ÉCHAPPER À LA **MORT.**
PAS LA **PEINE** DE COMPLI-QUER LES CHOSES.
... LA PARTIE LA PLUS DIFFI-CILE EST DÉJÀ TERMINÉE...
TOUT LE MONDE MEURT...
... MAIS JE PEUX TE PROMETTRE QUE TU N'AS PAS À AVOIR PEUR DE LA SUITE.
TU NE SERAS PAS **SEUL.**

TU ES UNE ÂME ET LA PROCHAINE ÉTAPE DE TON EXISTENCE VA BIENTÔT DÉBUTER.
CETTE TRANSITION EST TOUT À FAIT NATURELLE. SOIS SANS CRAINTE.
JE SUIS SÛR QUE TU DIS ÇA À **TOUTES** LES ÂMES.
EN EFFET.
C'EST MON BOULOT.
MONTE.
TU SAIS... JE VIENS JUSTE DE **MOURIR.** TU POURRAIS ÊTRE UN PEU PLUS SYMPA AVEC MOI.
ON M'A DÉJÀ FAIT LA REMARQUE.
IL Y A... UN DÉBUT À TOUT, J'IMAGINE.
JE N'ÉTAIS MÊME PAS CENSÉ ÊTRE LÀ-BAS CE SOIR.
AU BAR, JE VEUX DIRE.

MAIS... ABIGAIL... MON EX... Y ÉTAIT.
J'AI VRAIMENT DÉCONNÉ UN MAX AVEC ELLE, ET ELLE ÉTAIT JUSTE... **PARFAITE.** ABSOLUMENT PARFAITE.
JE SUIS ALLÉ LA VOIR... POUR M'EXCUSER...
MAIS MAINTENANT, J'IMAGINE QUE ÇA N'A PLUS D'IMPORTANCE...
KRRRRR
EUH, C'EST CENSÉ ÊTRE NORMAL, ÇA ?
D'AILLEURS, C'EST QUOI CE TRUC ?
KRRRAAAK
KRRRRAAAAAAK

SANS DEC'... EST-CE QUE C'EST... ?
... LE STYX ?
SI TU VEUX L'APPELER AINSI, OUI.
C'EST VRAI TOUS CES TRUCS, ALORS ? LES MYTHES ET LES LÉGENDES ?
OU ALORS, C'EST À LA TÊTE DU CLIENT ?
BORDEL !

RESTE CALME...
SWIIIK
... ILS NE PEUVENT PAS TE BLESSER.
ILS ?
BON SANG... CE SONT... ?
DES ÂMES QUI ONT ÉTÉ PUNIES.
PUNIES PAR... QUI ?
LA MORT.
LA MORT... ?
GENRE... HADÈS ?
TOUT COMME CE FLEUVE, LA MORT PORTE PLUSIEURS NOMS.

ET TOI, TU ES LA FAUCHEUSE ?
JE TE VOYAIS PLUTÔT COMME... UN GRAND TYPE, SQUELETTIQUE AVEC UNE CAPE. ENFIN LA TOTALE, QUOI.
NOUS SOMMES NOMBREUX. ET NOUS AVONS TOUS UN BOULOT À FAIRE.
JE SUIS JUSTE CELLE QUI T'AMÈNE DU **POINT A** AU **POINT B.**
MAIS TU AS RENCONTRÉ LA MORT... ? LA VRAIE ?
JE VAIS LA VOIR, MOI AUSSI ?
PERSONNE NE LA VOIT.
GARDE TES QUESTIONS POUR LES **ADMISSIONS.**
UNE DERNIÈRE QUESTION...
NON.
COMMENT ES-TU MORTE ?
C'EST PAS TES AFFAIRES.

UN TRUC PLUS DÉLIRANT QUE D'AVOIR CONDUIT BOURRÉ APRÈS AVOIR DÉCLARÉ SON AMOUR À LA **SEULE** FEMME QU'ON A JAMAIS AIMÉE ? PARCE QUE JE DOIS DIRE QUE C'EST UNE MANIÈRE BIEN POURRIE D'Y PASSER.
T'AS PLANTÉ UNE FOURCHETTE DANS TON GRILLE-PAIN ?
OU, ATTENDS... AVEC TON STYLE **GOTHIQUE...** C'EST PLUTÔT LE GRILLE-PAIN QUE T'AS BALANCÉ DANS TA BAIGNOIRE ?
TU PARLES TROP.
ATTENDS, J'AI UNE PROPOSITION... TU ME DIS COMMENT TU ES MORTE ET JE ME TAIS POUR LE RESTE DU VOYAGE.
PROMIS.
JE... NE SAIS PAS.
TU NE SAIS PAS **QUOI** ?
COMMENT JE SUIS MORTE.
MAIS JE SAIS COMMENT JE SUIS MORT...
IL Y EN A BEAUCOUP ICI QUI **NE SAVENT PAS** ?
EST-CE QUE... C'EST NORMAL... ?

TU M'AVAIS PROMIS DE TE TAIRE SI JE TE LE DISAIS.
JE TE L'AI DIT, ALORS...
D'ACCORD... JE ME TAIS...
MAIS... POUR CE QUE ÇA VAUT, JESSICA HARROW...
... JE SUIS DÉSOLÉ QUE TU NE SACHES PAS CE QUI T'EST ARRIVÉ.

NOUS Y SOMMES.
C'EST... L'AU-DELÀ... ?
NUMÉRO 264 877 !
VEUILLEZ PATIENTER JUSQU'À L'APPEL DE VOTRE NUMÉRO !
JE M'ATTENDAIS PAS VRAIMENT À ÇA...
OUI, ÇA SURPREND TOUT LE MONDE.
C'EST MOI OU LA MORT NE FAIT PAS VRAIMENT DANS LA SUBTILITÉ ?

UNE SALLE D'ATTENTE... VRAIMENT ?
ASSIEDS-TOI. TON NOM ET TON NUMÉRO SONT SUR LE TABLEAU.
ON T'APPELLERA.
C'EST TOUT ? TU VAS JUSTE ME LAISSER LÀ ?
MAIS... QU'EST-CE QUI VA SE PASSER ENSUITE ?
QUELQU'UN VIENDRA T'EXPLIQUER TOUT ÇA.
PROFITE BIEN... DE TA MORT, BRYAN.

Bienvenue, Jessica Harrow...
... en descente.
MA FAUX...
"J'AI DÛ ALLER CHERCHER CETTE VIEILLE NONNE QUI EST MORTE DU CANCER CE SOIR..."

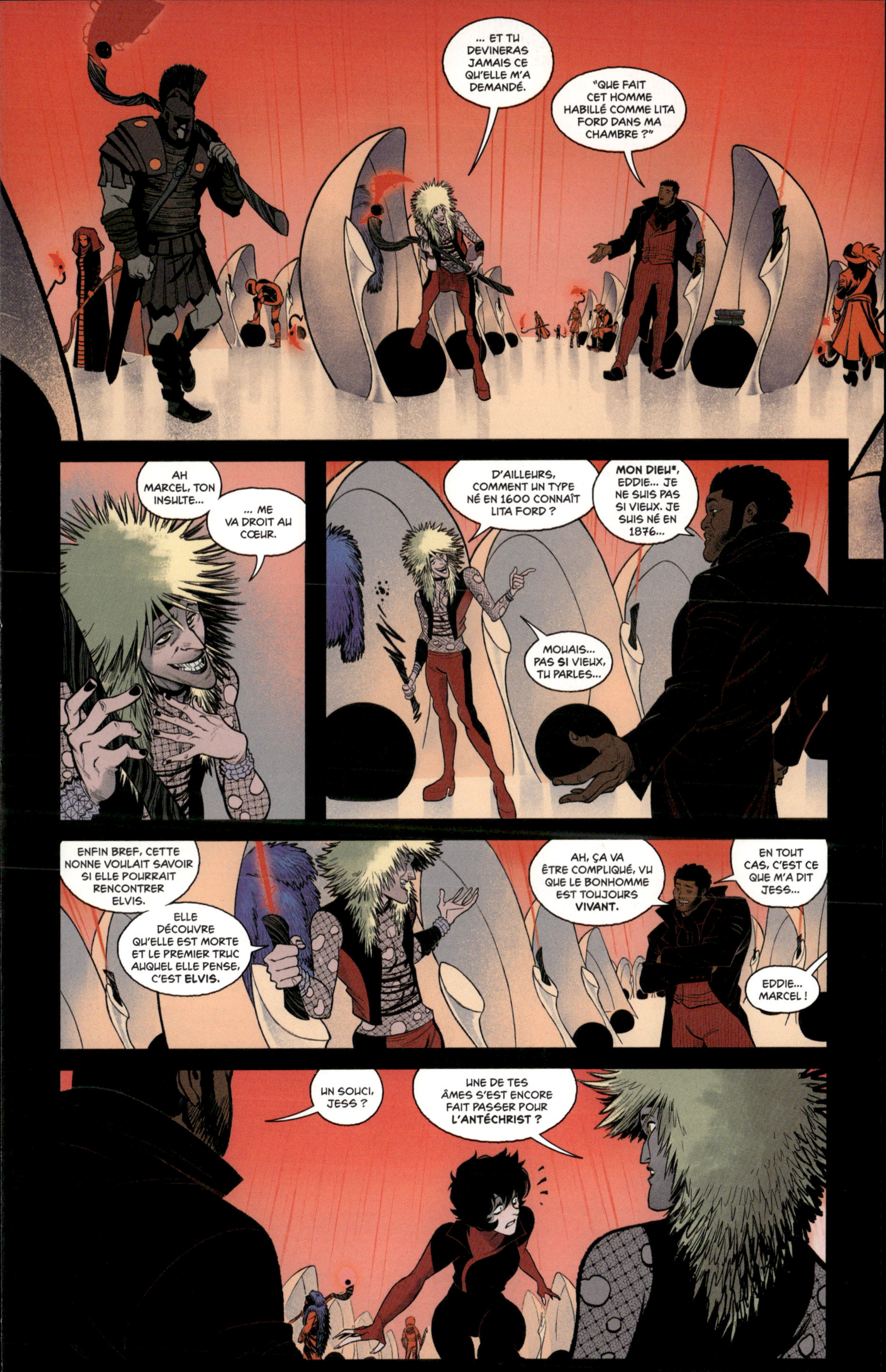

* EN FRANÇAIS DANS LE TEXTE

MA FAUX A DISPARU...
COMMENT ÇA, ELLE A DISPARU ?
JE CROIS QUE LA DERNIÈRE ÂME QUE J'AI RAMENÉE L'A PRISE.
TU L'AS PEUT-ÊTRE JUSTE POSÉE QUELQUE PART ?
OU MISE DANS UNE AUTRE POCHE ?
J'AI DÉJÀ VÉRIFIÉ. IL L'A VOLÉE.
ÇA CRAINT... SI ADIRA L'APPREND...
JE DOIS LA RÉCUPÉRER.
ET COMMENT TU VAS TRAVERSER LE FLEUVE SANS ELLE ?
BORDEL... VRAIMENT ? JE DÉTESTE NEW YORK...
EDDIE.
D'AC-CORD...

"... ALLONS CHERCHER TA FAUX."
TU AS CHOISI UN FILM ?
NEW YORK.
ET ON NE REGARDERA PAS PIÈGE DE CRISTAL UNE FOIS DE PLUS...
ALORS CE NOUVEAU FILM D'ESPION ? AVEC... CE TYPE-LÀ...
JE SUIS SÛRE QU'ON PEUT FAIRE QUELQUE CHOSE DE BIEN PLUS INTÉRESSANT QUE REGARDER UN FILM...
UN POKER ?
QUOI ?
JE SAIS PAS...
J'AI CRU VOIR UN TRUC DEHORS...

... C'EST SÛREMENT LA NEIGE.
ABIGAIL, C'EST MOI... C'EST...
ELLE NE ME VOIT PAS...
OK, JE T'EXPLIQUE COMMENT ÇA MARCHE...

... LES VIVANTS NE PEUVENT PAS NOUS VOIR ET NOUS, ON NE PEUT PAS LEUR PARLER.
NOUS VIVONS UNE EXISTENCE PARALLÈLE À LA LEUR. **SANS** INTERACTION.
SÉRIEUX ?!
FONCEZ VERS L'INTER-SECTION...
AH MERDE, JESS... JE DÉTESTE QUAND TU FAIS TA TÊTE DE SQUELETTE.
NE LE LAISSEZ PAS PASSER !

ÉPILOGUE.

MLLE ADIRA... !
... ADIRA, IL Y A UN PROBLÈME AVEC...
FAIRE POUSSER LA ROSE PARFAITE EST PRESQUE IMPOSSIBLE. SAVEZ-VOUS POURQUOI ?
NON... JE...
VOUS AVEZ BEAU LA DORLOTER... LUI DONNER DE L'EAU, DE LA LUMIÈRE...
ADIRA... JESSICA HARROW A ÉTÉ VUE PAR UN VIVANT...
ELLE A **TRAVERSÉ LA BARRIÈRE ENTRE LES MONDES...**
... VOUS POUVEZ DONNER À CETTE FLEUR TOUT CE DONT ELLE A BESOIN POUR SURVIVRE ET CROÎTRE...
... ET POURTANT, ELLE **POURRIRA.**

NUMÉRO 1 – COUVERTURE ALTERNATIVE PAR JENNY FRISON

LA FIN

MEXICO.
LE JOUR DES MORTS.
C'EST TELLEMENT DIFFÉRENT D'HALLOWEEN...

JE CROIS QUE J'IMAGINAIS UN TRUC CARRÉMENT PLUS **MORBIDE**...
C'EST PLUS UN JOUR OÙ ON CÉLÈBRE **LA VIE**...
... EN INVITANT LES ÂMES DES MORTS À NOUS RENDRE VISITE, À PARTAGER UN REPAS OU DESCENDRE QUELQUES **PINTES**...
TOI, TU **BOIRAIS** AVEC DES FANTÔMES.
ET TOI NON ? JE TROUVE L'IDÉE PLUTÔT SYMPA...
OOUF !
JE SUIS VRAIMENT NAVRÉE. JE NE VOULAIS PAS...

QU'EST-CE... ?
MERDE !
J'AI JAMAIS VU UN COSTUME COMME ÇA...
CHÉRIE... JE CROIS PAS QUE CE SOIT UN...
HEIN ?
HÉ... QU'EST-CE QUE VOUS FAITES ?! NE LA TOUCHEZ PAS !

ARGH !
ÇA FAIT PARTIE DU SPECTACLE ?
C'EST QUOI CE TRUC ?!
QU'EST-CE QUI SE PASSE ?
COUREZ !

NE TE RETOURNE PAS !
AUBREY... JE ME SENS...
NON, NON, NON !
JE T'AIME.
ASHLEY... JE T'AIME...
L'ÉQUILIBRE DOIT ÊTRE RESTAURÉ.

ON DEVRAIT PEUT-ÊTRE EN DISCUTER... ?
EN FAIT, ON DEVRAIT CARRÉMENT EN DISCUTER...
TU AS INTERAGIS AVEC LES VIVANTS, JESS !
OU ALORS... T'ES **DEVENUE** VIVANTE ?
JE VEUX DIRE, ÇA PEUT ARRIVER ÇA ?
C'EST IMPOSSIBLE. AUCUNE FAUCHEUSE NE PEUT FAIRE ÇA À PART LA GRANDE FAUCHEUSE... LA MORT ELLE-MÊME.
EH BEN, C'EST LOIN D'ÊTRE IMPOSSIBLE, MARCEL. JE L'AI VU DE MES PROPRES YEUX, MON POTE.
JE SAIS CE QU'ON **CROIT** AVOIR VU, EDDIE... MAIS PEUT-ÊTRE QU'ON S'EST FAIT DES **IDÉES** ?
SOUPIR

* EN FRANÇAIS DANS LE TEXTE

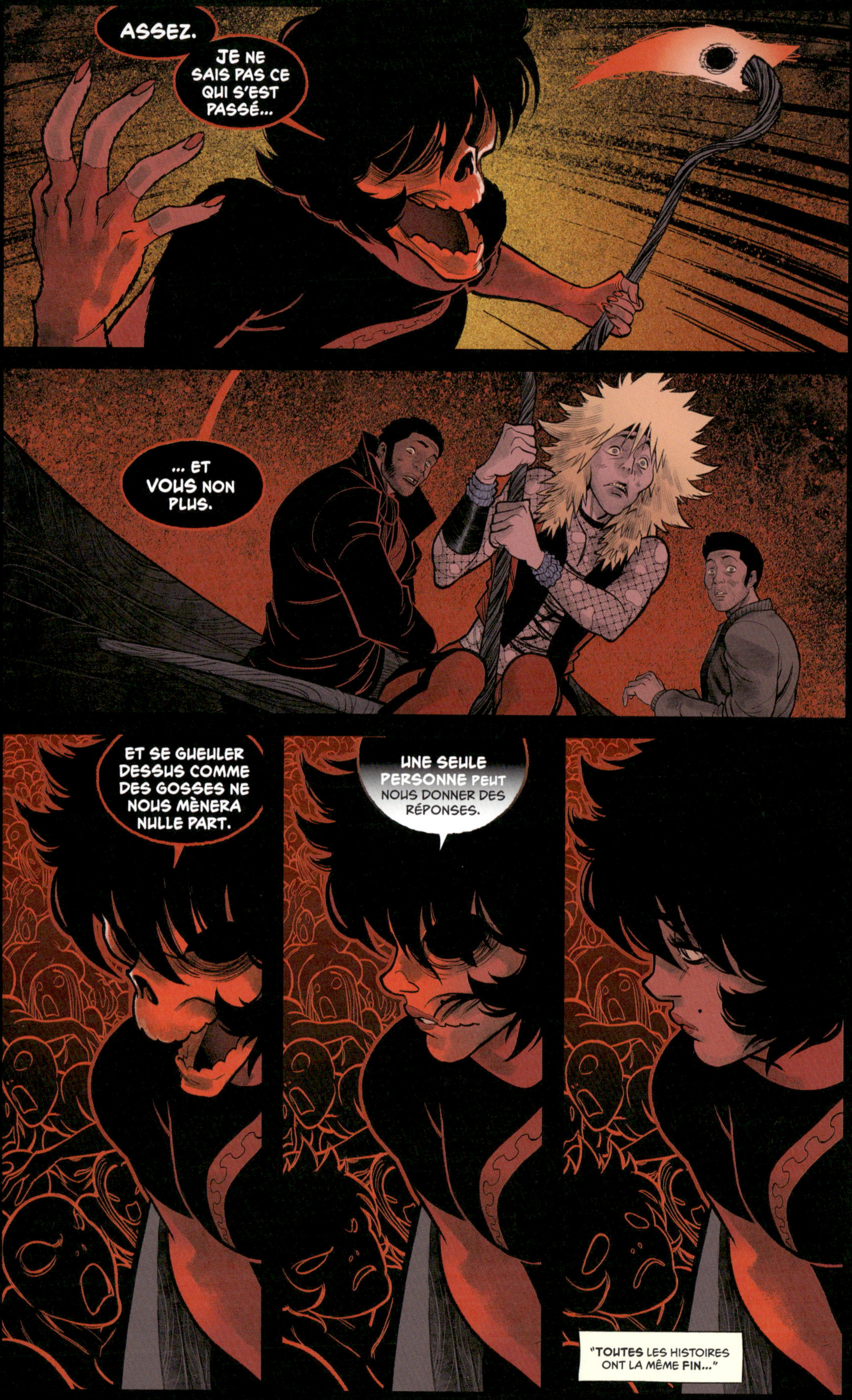
ASSEZ.
JE NE SAIS PAS CE QUI S'EST PASSÉ...
... ET VOUS NON PLUS.
ET SE GUEULER DESSUS COMME DES GOSSES NE NOUS MÈNERA NULLE PART.
UNE SEULE PERSONNE PEUT NOUS DONNER DES RÉPONSES.
"TOUTES LES HISTOIRES ONT LA MÊME FIN..."

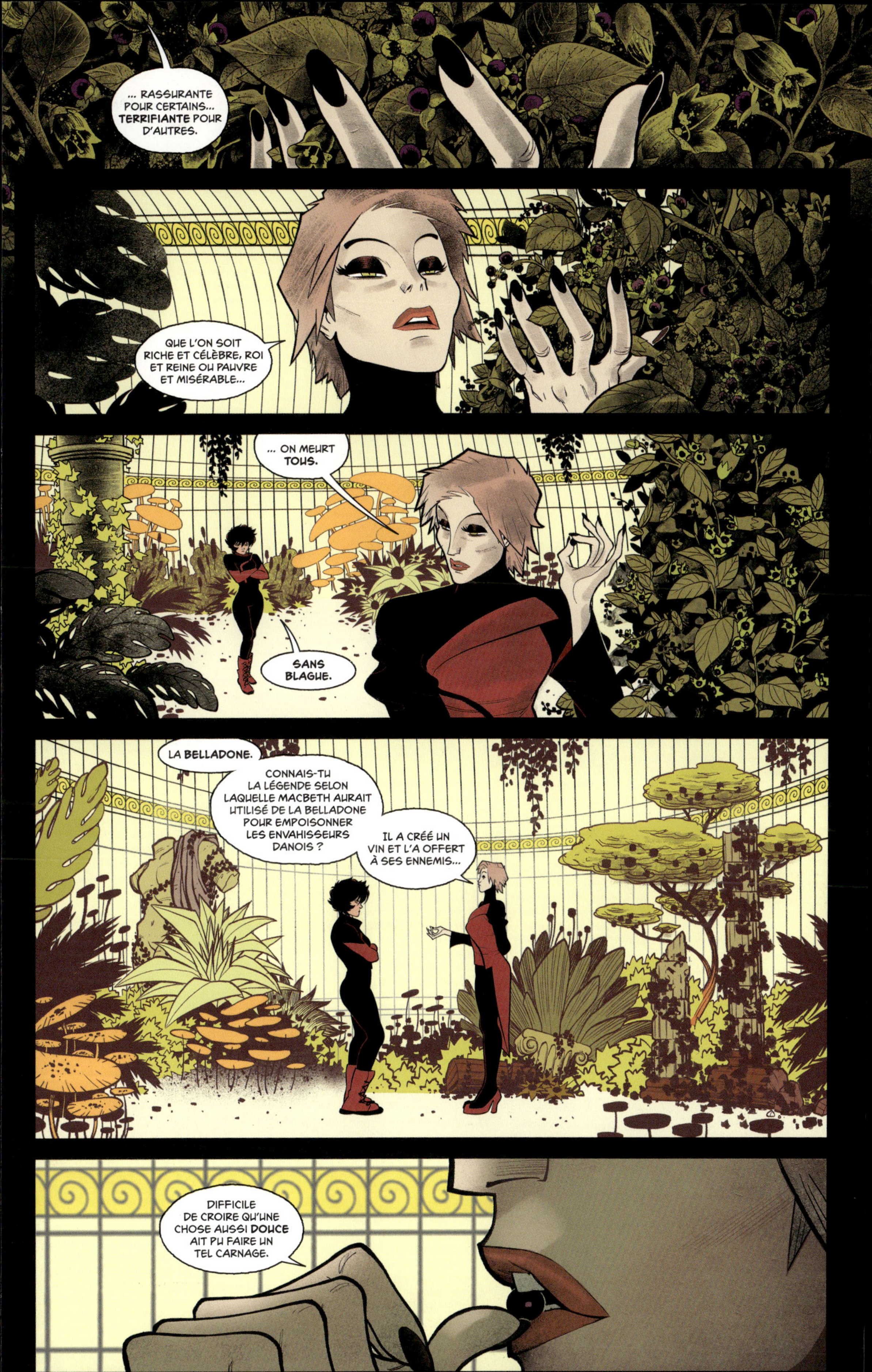
... RASSURANTE POUR CERTAINS... **TERRIFIANTE** POUR D'AUTRES.
QUE L'ON SOIT RICHE ET CÉLÈBRE, ROI ET REINE OU PAUVRE ET MISÉRABLE...
... ON MEURT **TOUS.**
SANS BLAGUE.
LA **BELLADONE.**
CONNAIS-TU LA LÉGENDE SELON LAQUELLE MACBETH AURAIT UTILISÉ DE LA BELLADONE POUR EMPOISONNER LES ENVAHISSEURS DANOIS ?
IL A CRÉÉ UN VIN ET L'A OFFERT À SES ENNEMIS...
DIFFICILE DE CROIRE QU'UNE CHOSE AUSSI **DOUCE** AIT PU FAIRE UN TEL CARNAGE.

SI NOUS DEVONS PARLER DE LA MORT, SERAIT-IL POSSIBLE DE PARLER DE LA **MIENNE** ?
JE DOIS SAVOIR **COMMENT** JE SUIS MORTE, ADIRA.
BEAUCOUP AURAIENT POURTANT SOUHAITÉ RESTER DANS L'IGNORANCE.
TON AMI MARCEL T'A-T-IL DIT COMMENT **IL** ÉTAIT MORT ? LA **DOULEUR** QU'IL A RESSENTIE... ?
MÊME APRÈS TOUTES CES ANNÉES, JE SUIS SÛRE QU'IL **PRÉFÉRERAIT** L'OUBLIER.
ADIRA... JE SUIS LA **SEULE** FAUCHEUSE QUI NE LE SAIT PAS... ET MAINTENANT, LA SEULE ÉGALEMENT À POUVOIR PARLER AUX VIVANTS.
IL **DOIT** Y AVOIR UN LIEN.
SI AU MOINS JE SAVAIS COMMENT JE SUIS MORTE, NOUS POURRIONS COMPRENDRE...
SNAP!
NON.
NOUS EN AVONS DÉJÀ **DISCUTÉ**. SEULE LA **MORT** PEUT ACCÉDER À CES DOSSIERS. ET TU SAIS TRÈS BIEN QUE JE NE PEUX PAS JUSTE Y ALLER ET LES RÉCUPÉRER...
APRÈS TOUT, TU NE VOUDRAIS PAS QUE **JE** PERDE MON TITRE ET MA FONCTION POUR CELA, N'EST-CE PAS ?
NOUS **RÈGLERONS** CELA... MAIS ÇA NE CHANGE RIEN À CE QU'IL S'EST PASSÉ AUJOURD'HUI.
UNE DE **TES** NOUVELLES ÂMES T'A VOLÉ TA FAUX ET S'EST ÉCHAPPÉE...

TU ME PUNIS.
VOYONS, TU N'ES PAS UNE ENFANT ET IL NE S'AGIT PAS DE DISCIPLINE.
JE NE SUIS PAS UNE ENFANT ET POURTANT TU PRENDS LES DÉCISIONS À MA PLACE.
CE N'EST PAS TE TRAITER COMME UNE GAMINE QUE DE TE TENIR POUR RESPONSABLE DE TES ACTES.
TU AS PRIS DES RISQUES INUTILES, QUE TU AS FAIT COURIR À D'AUTRES FAUCHEUSES.
OK. LAISSE TOMBER.
J'AI BIEN PEUR QUE VOUS NE PUISSIEZ PAS PARTIR COMME CELA...
DE QUOI TU PARLES, VINCENZO ? BOUGE DE LÀ.
APRÈS CE QU'IL S'EST PASSÉ, JE ME VOIS CONTRAINTE DE TE SUSPENDRE.
QUOI ?
CE N'ÉTAIT PAS MA FAUTE ET EN PLUS, J'AI RÉSOLU LE PROBLÈME MOI-MÊME.

TU ES LOGÉE À LA MÊME ENSEIGNE QUE N'IMPORTE QUI ICI, JESS.
TU M'EN VOIS NAVRÉE.
VOTRE FAUX, JESSICA.
C'EST UNE MESURE TEMPORAIRE.
TRÈS BIEN. TIENS.
DES NOUVELLES, VINCENZO ?
OUI, MADAME. COMME VOUS LE SUBODORIEZ... LA FIN EST RÉVEILLÉE.
NÉANMOINS... JE NE PEUX VOUS CACHER MON INQUIÉTUDE, MADAME. SI LA MORT ÉTAIT LÀ...
HEUREUSEMENT, CE N'EST PAS LE CAS, VINCENZO.
JE ME CHARGE DE LA FIN ET PEUT-ÊTRE PARVIENDRAI-JE AINSI À RÉGLER NOTRE PETIT PROBLÈME...
"THIS IS THE END..."

* PAROLES DE LA CHANSON "THE END" DE THE DOORS.

...OF EVERYTHING THAT STANDS–
SRCH
HÉ ! JE VIENS PAS CHEZ TOI POUR CASSER L'AMBIANCE, JESSICA...
EN MÊME TEMPS, JE RISQUE PAS, VU QUE TU NE NOUS INVITES JAMAIS.
TU NOUS AS JAMAIS DIT OÙ T'HABITAIS D'AILLEURS. EN TOUT CAS, ÇA PEUT PAS ÊTRE MIEUX QUE MON SUPER MAGASIN DE VINYLES...
APRÈS, JE JUGE PAS, HEIN...
EUH... QU'EST-CE QUI VA PAS ?
TU VAS BIEN ? QUE S'EST-IL PASSÉ AVEC ADIRA ?
ELLE M'A SUSPENDUE.

* PAROLES DE LA CHANSON "REBEL GIRL" DE BIKINI KILL

"REBEL GIRL, REBEL GIRL!"
ANNABEL !
QU'EST-CE QUE TU FOUS ICI, EDDIE ?
ANNABEL, MA CHÉRIE... JE DOIS TE DIRE UN TRUC...
♪ YOU KNOW OUR LOVE ♪ WAS MEANT TO BE...♪
♪ ...THE ♪ KIND OF LOVE ♪ THAT LASTS ♪ FOREVER...* ♪
AH, RE-COMMENCE PAS...
COMBIEN DE FOIS FAUDRA QUE JE TE DISE QUE JE ME TAPE PAS DES MUSICOS ?
ALLONS-Y...
* PAROLES DE LA CHANSON "YOU'RE THE INSPIRATION" DE CHICAGO

C'EST LA CHANSON ? J'EN CONNAIS D'AUTRES, TU SAIS... TU PRÉFÈRES LES STONES ?
CET ENDROIT EST INCROYABLE.
À TON AVIS, COMMENT ÇA MARCHE ?
ON DIRAIT QUE LES FICHIERS SORTENT DIRECTEM...
OH ?

* EN FRANÇAIS DANS LE TEXTE

BOP!
JE L'AI...
J.H.
QU'EST-CE QUE... ?
WOAH...
TU ES PRÊTE, JESS ?
OUI, JE SUIS PRÊTE.

JE PEUX LE SENTIR !
OÙ SOMMES-NOUS... ?
IL ARRIVE !
RESPIRE... TU TE DÉBROUILLES TRÈS BIEN...
TU ENTENDS ÇA AUSSI ?
D'OÙ EST-CE QUE ÇA VIENT... ?
REGARDE.
MERDE !
JE PEUX LA VOIR !
WAAAAAH!
LILAH, REGARDE...
... C'EST UNE FILLE.
JESSICA...
ON DEVRAIT LUI MONTRER... SON... PÈRE...
... UNGH...
MON BÉBÉ...
WAAAGH!
JE T'AVAIS PRÉVENUE DE NE PAS FAIRE ÇA, JESS...

JE T'AVAIS DIT DE ME FAIRE CONFIANCE...
JE T'AVAIS PRÉVENUE QUE TOUT ÇA N'APPORTERAIT QUE DE LA DOULEUR...
ADIRA !

ÉPILOGUE.

NUMÉRO 2 – COUVERTURE ALTERNATIVE PAR JENNY FRISON

CHAPITRE 3
LE VIDE ET LE NÉANT

SUMER.
MÉSOPOTAMIE.
500 AV. J.-C.
‹PRENEZ NOS VIES...›*
‹... LIEZ NOS ÂMES...›
*TRADUIT DU SUMÉRIEN.
‹... ENTENDEZ-NOUS ET ACCEPTEZ NOTRE OFFRANDE.›
FWOOOSH
‹JE VOUS ENTENDS...›
‹... ET J'ACCEPTE VOS ÂMES...›

< ... EN ÉCHANGE D'UNE PLACE D'HONNEUR DANS LA MORT.>
<C'EST BIEN PLUS QUE VOUS N'AUREZ JAMAIS DE VOTRE VIVANT.>

‹LEVEZ-VOUS.›
‹À MES CÔTÉS, JAMAIS PLUS VOUS NE VOUS INCLINEREZ DEVANT QUI QUE CE SOIT.›
‹VOUS DONNEZ VOS VIES, MAIS VOUS DEVIENDREZ BIEN PLUS QUE CE QUE VOUS IMAGINEZ...›
‹... DES GUERRIÈRES DANS UN COMBAT QUI TRANSCENDE LE BIEN ET LE MAL...›
‹... UN COMBAT QUI DÉTERMINERA LE SORT DE L'ÉTERNITÉ !›
AAAARRRAAGHH!
"LA MORT N'EST PLUS CE QU'ELLE ÉTAIT..."

L'ENFER ET LA DAMNATION REMPLACÉS PAR DES RÈGLES ET DES CONVENTIONS...
... ET CELA FAIT UNE ÉTERNITÉ QUE NOUS N'AVONS PAS EU UNE BONNE GUERRE.
TA GUERRE...
... QUE TU AS PERDUE.
CELA VA BIEN AU-DELÀ DES VAINQUEURS ET DES VAINCUS.
CELA FAIT... DES ANNÉES QUE JE NE T'AVAIS PAS VU.
MAIS J'IMAGINE QUE LA FIN N'A PAS FAIT TOUT CE CHEMIN PAR COURTOISIE.
TU ES ICI POUR ELLE...

JESSICA HARROW.
IL Y A UN DÉSÉQUILIBRE.
JE DOIS LE CORRIGER. TU NE M'ARRÊTERAS PAS.
JE N'EN AI PAS L'INTENTION...
JE VOUDRAIS TE FAIRE UNE OFFRE. UNE IDÉE QUI POURRAIT NOUS PROFITER À TOUS LES DEUX...
NON.
HSSSSS
JE TE CONNAIS.
JE SAIS CE QUE VALENT TES OFFRES.

S'IL TE PLAÎT, ÉCOUTE-MOI...
IL NE S'AGIT PAS SEULEMENT D'UNE FAUCHEUSE CAPABLE DE PASSER D'UN MONDE À L'AUTRE. CE DÉSÉQUILIBRE EST BIEN PLUS PROFOND.
LES MORTS SONT BIEN PLUS NOMBREUX QUE LES VIVANTS, ET SANS LA MORT ELLE-MÊME POUR DIRIGER LE NAVIRE...
... J'AI BIEN PEUR QU'IL COMMENCE À COULER.
NOUS AVONS BESOIN D'UNE PURGE... D'UN RENOUVEAU.
PRENDS JESSICA HARROW...
... MAIS NE T'ARRÊTE PAS LÀ.
SOIT, JE PURGERAI L'AU-DELÀ...

"... ET L'ÉQUILIBRE SERA RÉTABLI."
JE DÉTESTE CET ENDROIT.
TU N'ES PAS CENSÉ AIMER ÊTRE EN PRISON, EDDIE.

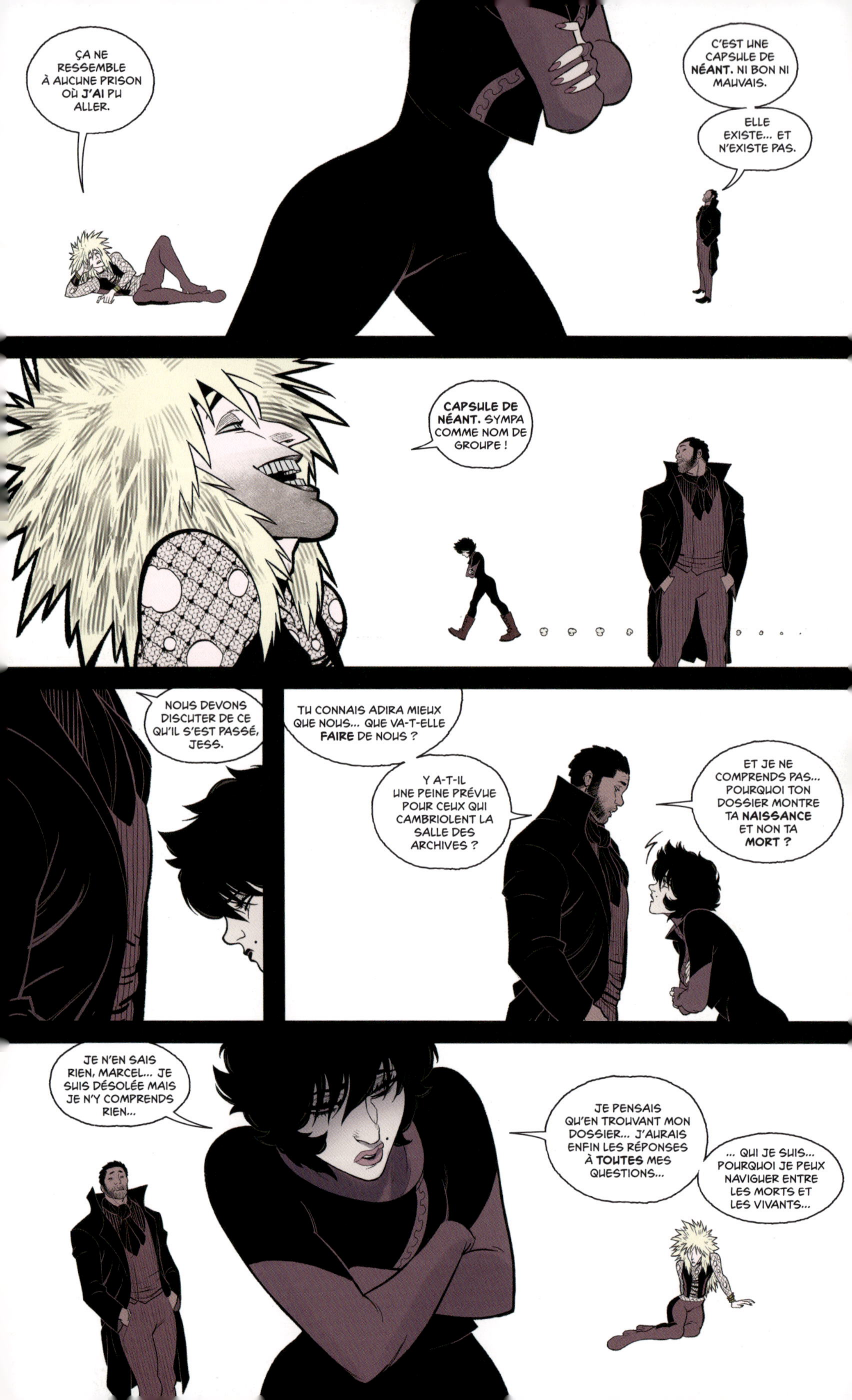

ÇA NE RESSEMBLE À AUCUNE PRISON OÙ J'AI PU ALLER.
C'EST UNE CAPSULE DE NÉANT. NI BON NI MAUVAIS.
ELLE EXISTE... ET N'EXISTE PAS.
CAPSULE DE NÉANT. SYMPA COMME NOM DE GROUPE !
NOUS DEVONS DISCUTER DE CE QU'IL S'EST PASSÉ, JESS.
TU CONNAIS ADIRA MIEUX QUE NOUS... QUE VA-T-ELLE FAIRE DE NOUS ?
Y A-T-IL UNE PEINE PRÉVUE POUR CEUX QUI CAMBRIOLENT LA SALLE DES ARCHIVES ?
ET JE NE COMPRENDS PAS... POURQUOI TON DOSSIER MONTRE TA NAISSANCE ET NON TA MORT ?
JE N'EN SAIS RIEN, MARCEL... JE SUIS DÉSOLÉE MAIS JE N'Y COMPRENDS RIEN...
JE PENSAIS QU'EN TROUVANT MON DOSSIER... J'AURAIS ENFIN LES RÉPONSES À TOUTES MES QUESTIONS...
... QUI JE SUIS... POURQUOI JE PEUX NAVIGUER ENTRE LES MORTS ET LES VIVANTS...

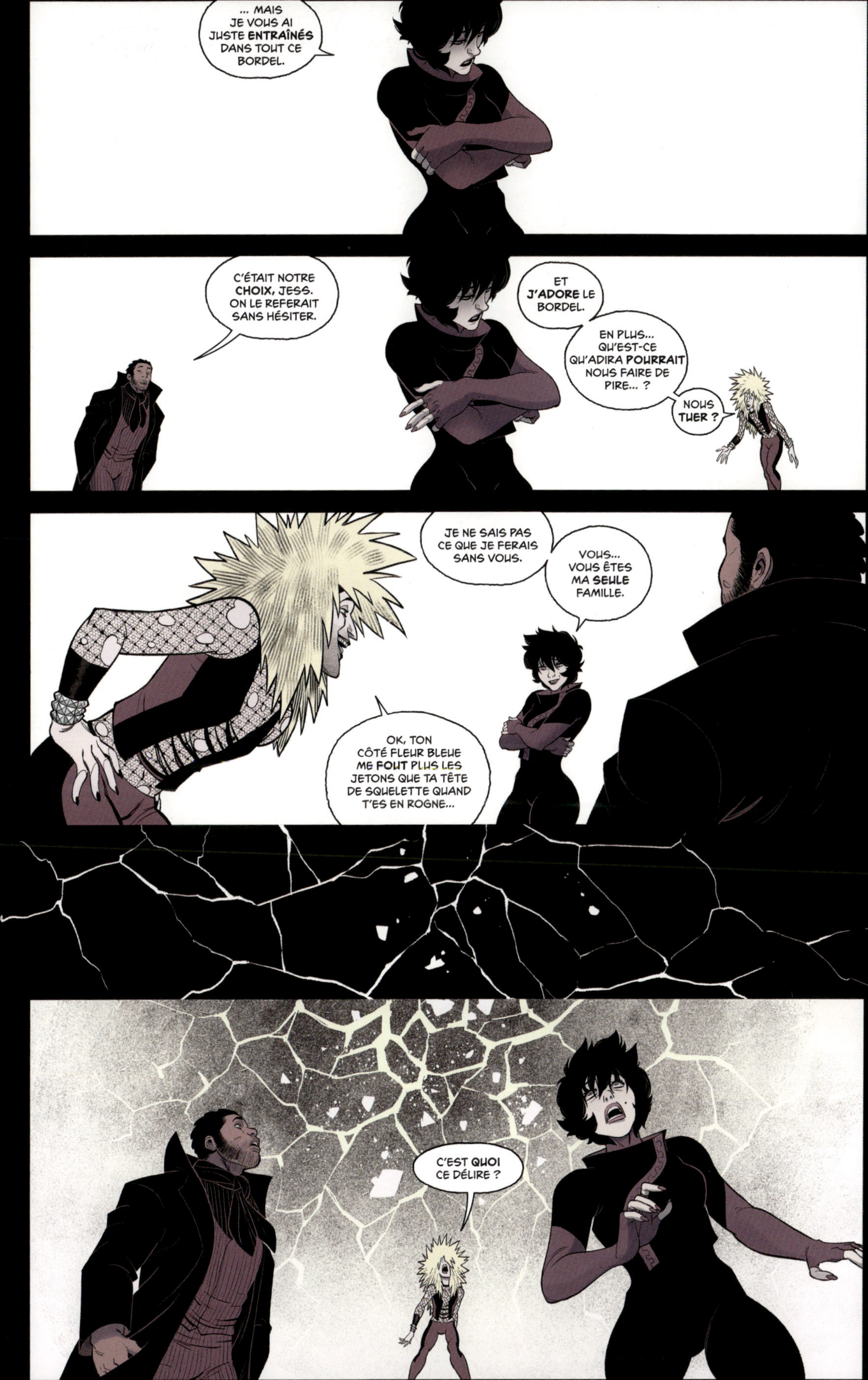
... MAIS JE VOUS AI JUSTE **ENTRAÎNÉS** DANS TOUT CE BORDEL.
C'ÉTAIT NOTRE **CHOIX**, JESS. ON LE REFERAIT SANS HÉSITER.
ET **J'ADORE** LE BORDEL.
EN PLUS... QU'EST-CE QU'ADIRA **POURRAIT** NOUS FAIRE DE PIRE... ?
NOUS **TUER** ?
JE NE SAIS PAS CE QUE JE FERAIS SANS VOUS.
VOUS... VOUS ÊTES MA **SEULE** FAMILLE.
OK, TON CÔTÉ FLEUR BLEUE ME **FOUT** PLUS LES JETONS QUE TA TÊTE DE SQUELETTE QUAND T'ES EN ROGNE...
C'EST **QUOI** CE DÉLIRE ?

* EN FRANÇAIS DANS LE TEXTE

JESSICA HARROW.
JE SAIS PAS CE QUE C'EST...
... MAIS ON A INTÉRÊT À SE BARRER !
ATTENDS, EDDIE, ON DOIT AIDER CES...

L'ÉQUILIBRE DOIT ÊTRE RÉTABLI.
JESS !
LÂCHE-LA, ESPÈCE DE GROS SAC D'OS !
ARGH !
SWISSH!
TES ACTES ONT CRÉÉ UN DÉSÉQUILIBRE...

QUOI ?
LA MORT N'AURAIT **JAMAIS** PERMIS QUE CELA SE PRODUISE.
SKRASHH
TU VAS BIEN ?
ÇA **VA**... ÇA VA ALLER.
ALLONS-NOUS-EN.
VITE !
JE TE TIENS...
DÉPÊCHEZ-VOUS ! ADIRA DOIT DÉJÀ SAVOIR QUE J'AI PRIS LE **SABLIER**...

QU'EST-CE QUE C'EST QUE CE TRUC, VINCENZO ?!
C'EST LA **FIN.** SON RÔLE EST DE MAINTENIR L'ÉQUILIBRE ENTRE LES VIVANTS ET LES MORTS.
CE QUI EST ARRIVÉ À JESSICA A DÛ LE RÉVEILLER.
GÉNIAL. UN GÉANT DE LA MORT SUPER FLIPPANT QUI PEUT TOUS **NOUS** DÉTRUIRE. ET ON FAIT QUOI, **LÀ ?**
JE CONNAIS UN ENDROIT SÛR...
ET POURQUOI ON TE **SUIVRAIT ?**
JESS !
TU BOSSES POUR **ELLE.**
NON, JE TRAVAILLE POUR LA **MORT.**
CE QU'ADIRA A FAIT... ÇA N'AURAIT JAMAIS DÛ SE PASSER AINSI.
ATTENDS... SI TU BOSSES POUR LA **MORT...**
... POURQUOI AIDES-TU **ADIRA ?**
CE SERA PLUS SIMPLE DE VOUS **MONTRER.**

LA MORT EST AUSSI ANCIENNE QUE L'UNIVERS LUI-MÊME...
... IL A BÂTI TOUT CE QUI SE TROUVE DANS L'AU-DELÀ.
ABSOLUMENT TOUT.
ALORS, QUAND EST-CE QU'ON LE RENCONTRE... LE **BIG BOSS** ?
JE NE PENSE **PAS** QUE ÇA ARRIVERA, EDDIE...

IL EST PARTI.
IL A... DISPARU.
TRÈS PEU D'ENTRE NOUS SONT AU COURANT... NOUS AVONS TOUS JURÉ DE GARDER LE SECRET.
SI CELA S'ÉBRUITAIT DANS L'AU-DELÀ... TOUT CE QU'IL A BÂTI S'EFFONDRERAIT.
COMMENT PEUT-ON PAUMER UNE ENTITÉ AUSSI ÉNORME ?
IL EST PEUT-ÊTRE PARTI EN VACANCES... ? VOUS AVEZ CHERCHÉ À MAUI ? IL PARAÎT QUE C'EST SUPER BEAU EN CETTE PÉRIODE DE L'ANNÉE...
SARCASMES MIS À PART, EDDIE... VOUS AVEZ RAISON. NOUS AURIONS DÉJÀ DÛ LE RETROUVER, SAUF...
SAUF S'IL NE SOUHAITE PAS L'ÊTRE...
PEUT-ÊTRE. MAIS JE SUIS PERSUADÉ QUE QUELQUE CHOSE... OU QUELQU'UN L'A POUSSÉ À PARTIR.
SI VOUS VOULEZ TROUVER LA MORT, TROUVEZ LA PERSONNE QUI BÉNÉFICIE LE PLUS DE SON ABSENCE.
ON PARLE D'ADIRA, LÀ, C'EST ÇA ?
LA MORT EST PARTI ET ADIRA EST SÛREMENT DANS LE COUP... MAIS QU'EST-CE QUE ÇA A À VOIR AVEC MOI ?
NOUS RATONS QUELQUE CHOSE...

LA FAUX DE LA MORT. ENCORE UN AUTRE ÉLÉMENT BIZARRE DANS SA DISPARITION. COMMENT AURAIT-IL PU **PARTIR** SANS ELLE ?
ELLE NE S'ACTIVE QU'AU CONTACT DE LA MORT LUI-MÊME. NOUS AVONS TOUS ESSAYÉ MAIS SANS...
... SUCCÈS.
C'EST... **IMPOSSIBLE...**

IL NE NOUS RESTE QU'À TROUVER LA MORT.
JE CROIS QU'IL Y A UNE PETITE FAILLE DANS CE PLAN...
LE GROS MONSTRE FLIPPANT A L'AIR D'AVOIR ENCORE ENVIE D'ÉCRABOUILLER QUELQUES ÂMES...
VOUS DEVEZ PARTIR. JE PEUX LE RALENTIR. ALLEZ VERS LE FLEUVE...
NON. ON NE VA PAS TE LAISSER.
JE SUIS DÉJÀ MORT... UN REPOS ÉTERNEL NE ME FAIT PAS PEUR...
... MAIS SI VOUS PARVENEZ À TROUVER LA MORT...
... VOUS POURREZ RÉPARER TOUT LE MAL QU'A FAIT ADIRA.
LA PORTE DU FOND MÈNE AU FLEUVE.
PARTEZ VITE ET NE VOUS RETOURNEZ PAS.
MERCI, VINCENZO.
TROUVEZ-LE, JESS.

SZING!
LA MORT NE VOUS AURAIT JAMAIS LAISSÉ ENTRER ICI.
HRAH!
MMPFF...
KRICKKK
CRAK

ÉPILOGUE.
Inferno
LAS VEGAS, NEVADA.
ALLEZ...
... ALLEZ VAS-Y...
C'EST MIEUX, BÉBÉ. ALLEZ...
... FAIS CHIER...
QUELLE VILLE POURRIE. TU M'ÉTONNES QUE PERSONNE N'AIT ENVIE DE VENIR ICI.

NUMÉRO 3 – COUVERTURE ALTERNATIVE PAR **JENNY FRISON**

CHAPITRE 4
TOUT SUR LE NOIR

EUH, LES GARS... JE VOUS AI DÉJÀ DIT QUE J'AVAIS LE VERTIGE ?
... ÇA ME PARAÎT IMPORTANT DE LE MENTIONNER, LÀ...
ON N'A PAS LE CHOIX.
ATTENDS, TU VEUX VRAIMENT QU'ON **SAUTE** ?
TU M'AS PEUT-ÊTRE MAL ENTENDU QUAND J'AI DIT QUE J'AVAIS LE VERTIGE... ?
MARCEL, FAIS QUELQUE CHOSE. DIS-LUI QU'ON NE PEUT **PAS** FAIRE ÇA...
JESSICA HARROW... L'ÉQUILIBRE DOIT ÊTRE RESTAURÉ...
DE MIEUX EN MIEUX... **L'AFFREUX SQUELETTE FLIPPANT** EST DE RETOUR !
COMME JE L'AI DIT...

ON N'A PAS LE CHOIX !
ON VA MOURIR !
LA FAUX... C'EST...
HEIN ?

Spsh
ON EST MORTS ?
BIEN SÛR QU'ON EST MORTS, EDDIE. ÇA FAIT DES ANNÉES QU'ON EST MORTS.
... À LAS VEGAS.

QU'EST-CE QUI S'EST PASSÉ ? ON EST OÙ, LÀ... ?
JE SAIS EXACTEMENT OÙ NOUS SOMMES...

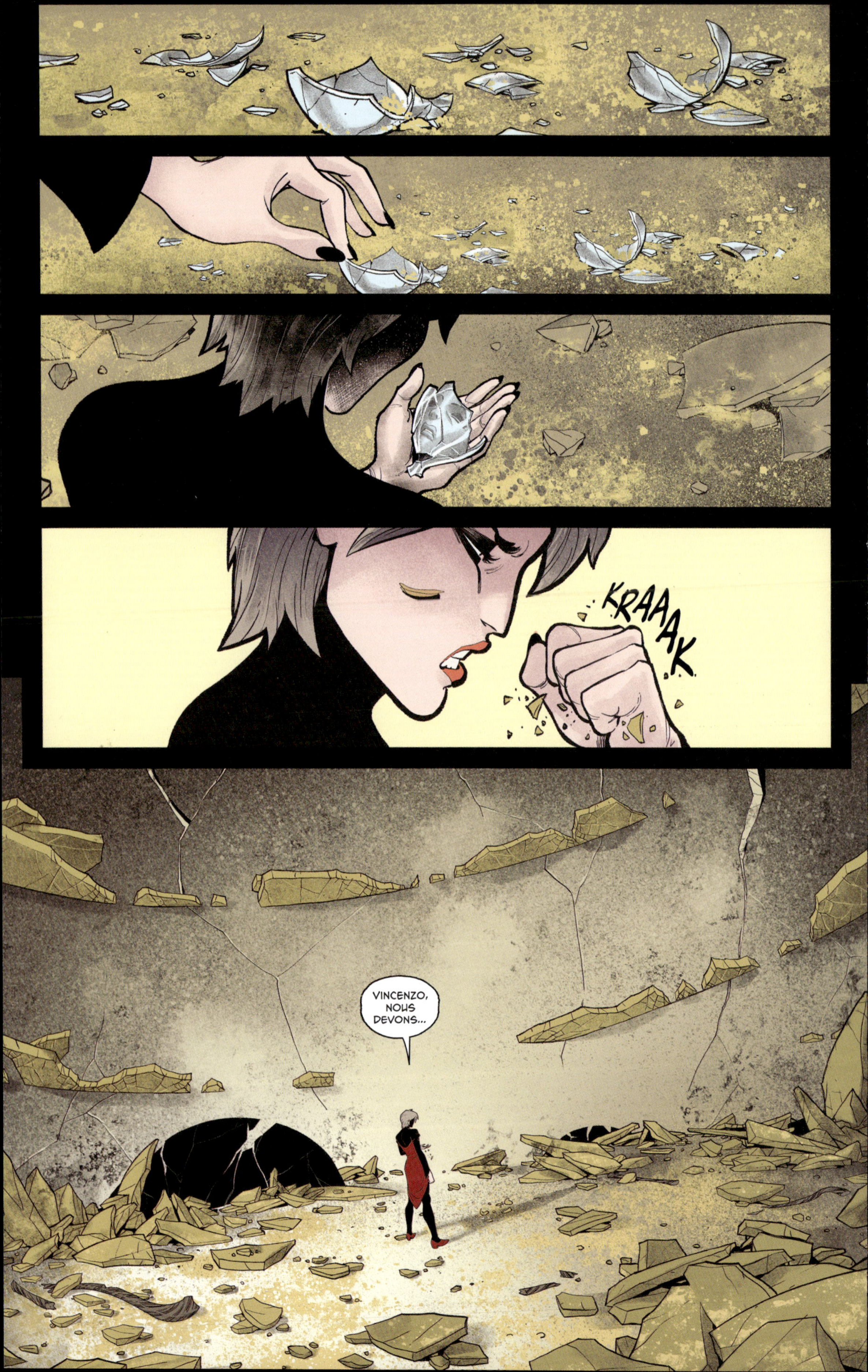
KRAAAK
VINCENZO, NOUS DEVONS...

TOI. OÙ EST VINCENZO ?
IL N'EST PLUS.
ET JESSICA HARROW ?
ELLE S'EST ENFUIE.
TU L'AS LAISSÉE S'ÉCHAPPER ?
TU ES LA FIN... COMMENT AS-TU PU LA LAISSER TE FILER ENTRE LES...

JE NE DOUTE PAS DE TES MÉTHODES... C'EST JUSTE QUE JE NE COMPRENDS PAS COMMENT ELLE EST PARVENUE À T'ÉCHAPPER...
... ELLE N'A PAS DE FAUX...
ELLE A SA FAUX.
ELLE A LA FAUX DE LA MORT...
SI C'EST VRAI, ELLE POURRAIT ÊTRE LA SEULE AUTRE ÂME CAPABLE DE L'ACTIVER...
JE LA TROUVERAI.
ÇA NE DEVRAIT PAS ÊTRE TROP COMPLIQUÉ.
SI ELLE A LA FAUX...

* PAROLES DE LA CHANSON "VIVA LAS VEGAS" D'ELVIS PRESLEY

SANS GÊNE...
VOUS PENSEZ QUE LA MORT EST ICI ?
À MON AVIS, LA FAUX NE NOUS AMÈNERAIT PAS ICI SANS RAISON.
C'EST PAS MALIN DE SE PLANQUER DANS UNE VILLE OÙ IL FAIT JOUR EN PLEINE NUIT...
MAIS PEUT-ÊTRE QUE C'EST LE BUT... SE CACHER DANS UN ENDROIT OÙ PERSONNE NE PENSERA À REGARDER...
S'IL EST ICI... TU CROIS QUE LA FAUX PEUT NOUS MENER À LUI ?
AMANDA !
NE RESTE PAS AU MILIEU DE LA ROUTE !
ARRÊTE DE DÉCONNER...
OH, ÇA VA...

... ON EST LÀ POUR FAIRE LA FÊTE !
The Bride
HEIN ?

URRONK
BOUGEZ DE LÀ !
QUE... ? COMMENT ON A... ?
LE BUS... ON EST PASSÉES AU TRAVERS...
VOUS ÊTES CUITE. JE VOUS AI JUSTE POUSSÉE SUR LE CÔTÉ.
AMANDA !
The Bride
NE RESTEZ PAS SUR LA ROUTE...
ATTENDS...

... TU AS MA FAUX.
QUOI ?
ILS SONT FIGÉS. COMMENT AVEZ-VOUS... ?
VOUS ÊTES LA GRANDE FAUCHEUSE.
J'Y CROIS PAS. C'EST VRAIMENT VOUS.
ÉCOUTE-MOI, ON N'A PAS BEAUCOUP DE TEMPS.
JE NE PEUX PAS UTILISER CETTE FENÊTRE DE MORT IMMINENTE TRÈS LONGTEMPS.
COMMENT SUIS-JE MORTE ? DITES-LE-MOI...
JE SUIS LA SEULE FAUCHEUSE QUI NE LE SAIT PAS... ET MAINTENANT, J'ARRIVE À PARLER AVEC LES VIVANTS...
J'AI BESOIN DE RÉPONSES... S'IL VOUS PLAÎT...

TELLEMENT DE QUESTIONS... VIENS BOIRE UN CAFÉ... AVEC UNE PETITE TARTE. C'EST BON, LA TARTE.
L'INFERNO. CHAMBRE 1323. OH, ET APPORTE LA FAUX...
EUH... POURQUOI JE SUIS... ?
ALLEZ LES FILLES, C'EST MA TOURNÉE !
TU L'AS ENCORE FAIT, JESS...
... TU AS PARLÉ À UNE VIVANTE.
ET ON DIRAIT QU'ELLE EST DEVENUE... MORTE ?
DONC, TU PEUX ALLER DES MORTS AUX VIVANTS... ET TU PEUX AUSSI CHANGER UN VIVANT EN MORT OU L'INVERSE ?
ÇA VOUDRAIT DIRE QU'ELLE POURRAIT RAMENER QUELQU'UN À LA VIE.
PEUT-ÊTRE... IL FAUDRAIT QU'ELLE ESSAYE POUR VOIR.
ELLE A EMPÊCHÉ QUELQU'UN DE MOURIR... MAIS C'EST DIFFÉRENT, NON ?
J'AI PARLÉ À LA MORT... LA GRANDE FAUCHEUSE.
JE SAIS OÙ IL EST...

Inferno
VOUS CROYEZ QUE C'EST LUI QUI A TROUVÉ LE NOM OU EST-CE QU'IL L'A CHOISI À CAUSE DE ÇA... ?
... C'EST JUSTE QUE ÇA PARAÎT TELLEMENT... ÉVIDENT.
JE VEUX DIRE, S'IL VOULAIT VRAIMENT FAIRE PROFIL BAS, IL AURAIT PU ALLER AU FLAMINGO.
J'IRAIS JAMAIS CHERCHER LA GRANDE FAUCHEUSE AU FLAMINGO.
DING
VOUS AVEZ VU ÇA ? Y AVAIT PAS D'ÉTAGE 13 Y A UNE MINUTE...
LE TREIZIÈME ÉTAGE D'UN HÔTEL APPELÉ INFERNO... ÇA DEVRAIT SUPER BIEN SE PASSER, HEIN ?
JE ME FOUS DU NOM OU DE SES RAISONS...
... JE VAIS ENFIN AVOIR MES RÉPONSES.

TU ES SÛRE QUE TU AS PARLÉ À LA MORT ?
ÇA POURRAIT ÊTRE UN PIÈGE TENDU PAR ADIRA.
S'IL N'Y A NE SERAIT-CE QU'UNE INFIME CHANCE QUE JE SACHE ENFIN LA VÉRITÉ SUR QUI JE SUIS ET CE QU'IL M'EST ARRIVÉ...
... JE NE RECULERAI PAS.

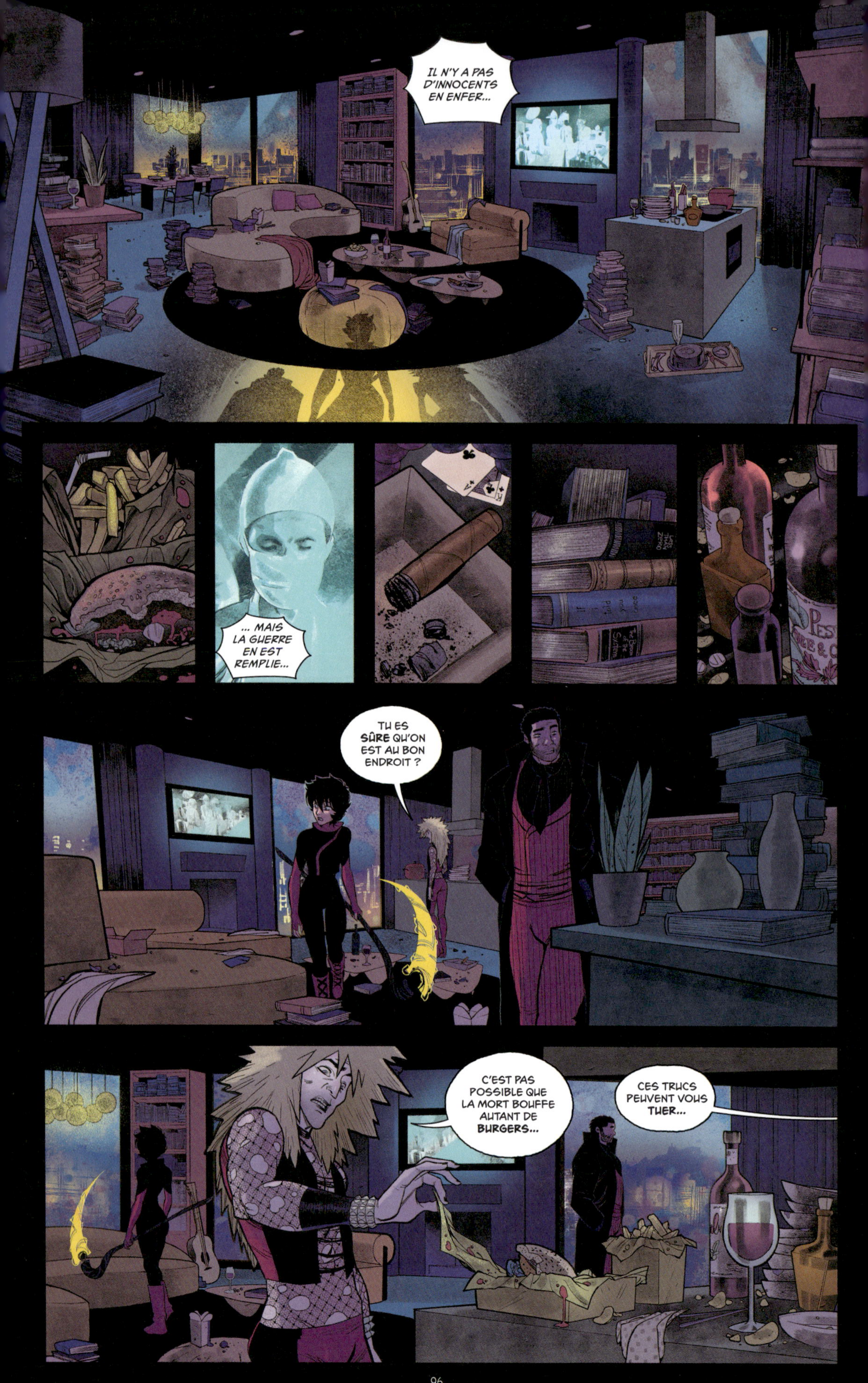
IL N'Y A PAS D'INNOCENTS EN ENFER...
... MAIS LA GUERRE EN EST REMPLIE...
TU ES SÛRE QU'ON EST AU BON ENDROIT ?
C'EST PAS POSSIBLE QUE LA MORT BOUFFE AUTANT DE BURGERS...
CES TRUCS PEUVENT VOUS TUER...

... ILS SONT TRÈS BONS... MAIS ILS VOUS BOUCHENT LES ARTÈRES EN MOINS DE DEUX.
BON, VOUS AVEZ LE TEMPS POUR UN CAFÉ ET UNE PETITE TARTE ?

ÉPILOGUE.
C'EST LE CŒUR LOURD QUE JE ME PRÉSENTE À VOUS AUJOURD'HUI...
... MAIS VOUS MÉRITEZ DE CONNAÎTRE LA VÉRITÉ.
UNE DES NÔTRES, JESSICA HARROW, CHERCHE À NOUS DÉTRUIRE TOUS.
ELLE A MENÉ LA FIN DANS L'AU-DELÀ... ET S'EST ENFUIE AVEC LA FAUX DE LA MORT.
POUR BEAUCOUP D'ENTRE VOUS, ET POUR MOI, JESSICA ÉTAIT COMME UN MEMBRE DE NOTRE FAMILLE...
... MAIS ENSEMBLE, NOUS LUI FERONS PAYER CETTE TRAHISON.

NUMÉRO 5 – COUVERTURE ALTERNATIVE PAR **JENNY FRISON**

CHAPITRE 5

VOIR VEGAS ET MOURIR

"LA PLUPART DES GENS ONT UNE VISION ERRONÉE DE LA MORT.
"ILS PENSENT QUE CEUX QUI EN ONT LA CHARGE S'Y COMPLAISENT.
IL Y A DES MILLIERS D'ANNÉES.
"MAIS IL N'Y A QU'UNE SEULE CHOSE QUE J'AIME DANS LA MORT...

"... C'EST SON IMPARTIALITÉ.
"LES GENS ONT LEURS PROBLÈMES, LEURS PETITS DRAMES, LEURS CONFLITS, BIEN SÛR...
"MAIS SI VOUS CROYEZ QU'ILS SONT COMPLEXES...
"... ALORS, C'EST QUE VOUS N'AVEZ JAMAIS RENCONTRÉ UN DÉMON ASSOIFFÉ DE POUVOIR DÉTERMINÉ À RENVERSER L'AU-DELÀ.
"UNE VRAIE ACHARNÉE.
"ADIRA N'A JAMAIS ÉTÉ SATISFAITE DE SA POSITION...
"... ET A PASSÉ DES MILLÉNAIRES À M'ENVIER ET ME DÉTESTER.

"SON AVIDITÉ A CORROMPU TOUS CEUX QUI ONT PU LA SUIVRE.
"LES HUMAINS ONT UN TERME PARTICULIÈREMENT ADAPTÉ À LA RELATION DE COMPÉTITION PERMANENTE QUE NOUS PARTAGEONS ADIRA ET MOI...
"... LA RIVALITÉ FRATERNELLE."

MA SŒUR FERAIT TOUT POUR ME DÉTRUIRE.
JE LUI AI COUPÉ LES AILES, ENLEVÉ SES POUVOIRS...
... ELLE NE M'A PAS LAISSÉ LE CHOIX.
ADIRA EST VOTRE SŒUR ET ELLE A CRÉÉ UNE ARMÉE D'ÂMES PERDUES POUR ATTAQUER L'AU-DELÀ ET... PRENDRE LE POUVOIR ?
JE M'ENTENDAIS PAS TROP AVEC MON FRÈRE...
... MAIS LE PIRE QU'IL AIT FAIT, ÇA A ÉTÉ DE FAIRE UNE RAYURE SUR MA GUITARE...
VOUS DISIEZ QU'ADIRA NE PRENDRAIT JAMAIS LE CONTRÔLE DE L'AU-DELÀ...
... POURTANT, ELLE A RÉUSSI. ADIRA EST LA REINE DE L'AU-DELÀ...

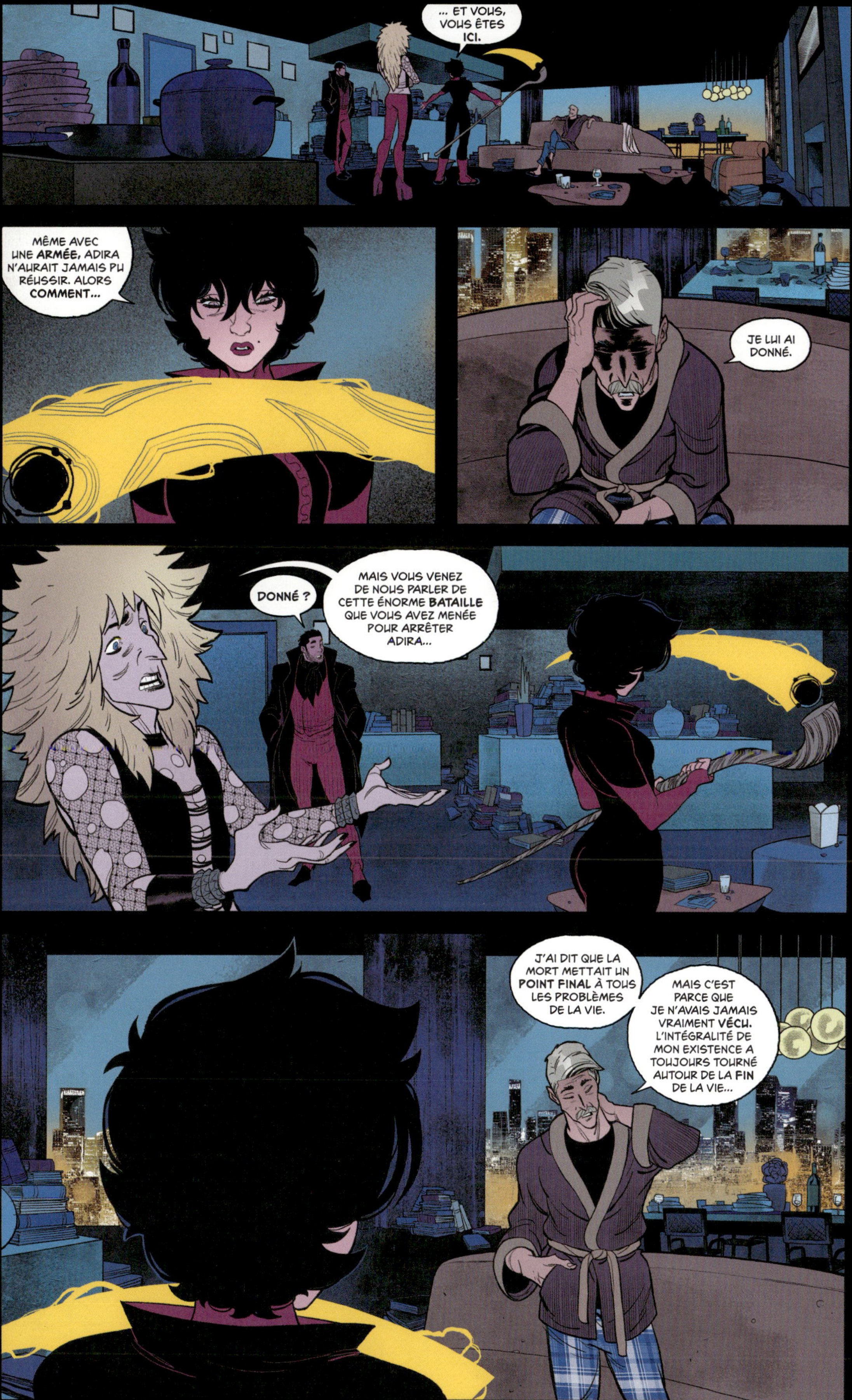
... ET VOUS, VOUS ÊTES ICI.
MÊME AVEC UNE ARMÉE, ADIRA N'AURAIT JAMAIS PU RÉUSSIR. ALORS COMMENT...
JE LUI AI DONNÉ.
DONNÉ ?
MAIS VOUS VENEZ DE NOUS PARLER DE CETTE ÉNORME BATAILLE QUE VOUS AVEZ MENÉE POUR ARRÊTER ADIRA...
J'AI DIT QUE LA MORT METTAIT UN POINT FINAL À TOUS LES PROBLÈMES DE LA VIE.
MAIS C'EST PARCE QUE JE N'AVAIS JAMAIS VRAIMENT VÉCU. L'INTÉGRALITÉ DE MON EXISTENCE A TOUJOURS TOURNÉ AUTOUR DE LA FIN DE LA VIE...

... MAIS J'AI RÉALISÉ QUE LA **CRÉER** EST FINALEMENT CE QU'IL Y A DE PLUS **BEAU.**
JESSICA, IL FAUT QUE JE TE DISE QUELQUE CHOSE...
... QUELQUE CHOSE QUE J'AURAIS DÛ TE DIRE IL Y A BIEN LONGTEMPS...
... JE SUIS...

TU ES
MON PÈRE.

MARCEL, ELLE A BIEN DIT... ?
TAIS-TOI, EDDIE.
EH BIEN...
... JE SUIS CONTENT QUE TU AILLES...
... BIEN.
TU AS L'AIR EN FORME.
PAT PAT
AHEM
DONC ÇA VEUT DIRE QU'ADIRA, MA TANTE... DIRIGE L'AU-DELÀ À CAUSE DE MOI ?
C'ÉTAIT LA SEULE MANIÈRE DE TE PROTÉGER.
J'AI FAIT UN PACTE AVEC UN DÉMON.
... EN ÉCHANGE DE MON EXIL VOLONTAIRE...
... TON IDENTITÉ AURAIT ÉTÉ PROTÉGÉE ET ADIRA S'ASSURAIT QUE TU SOIS EN SÉCURITÉ.
ET TOUT CE QUE J'AVAIS À FAIRE, C'ÉTAIT RESTER DANS CETTE CHAMBRE POUR L'ÉTERNITÉ.

LA FILLE DE LA MORT ? ON A BIEN ENTENDU ?
LA MORT A UNE FILLE...
C'EST À CAUSE DE TOI QUE JE PEUX INTERAGIR AVEC LES VIVANTS ?
EN PARTIE. MAIS J'IMAGINE QUE ÇA A PLUS À VOIR AVEC TA MÈRE.
ELLE ÉTAIT HUMAINE.
ÇA FAIT DE TOI QUELQU'UN DE TRÈS SPÉCIAL... D'UNIQUE.
HUMAINE... ? JE... JE NE COMPRENDS PAS.
J'AI ENTENDU SON NOM. ELLE S'APPELAIT LILAH.
OÙ EST-ELLE ? COMMENT AS-TU PU... ?

LA FIN... TU NE DEVRAIS PAS ÊTRE ICI.
C'EST MA DESTINÉE.
MÊME TOI, TU NE PEUX INTERFÉRER.

C'EST CE QU'ON VA VOIR.
JESS, IL VA ME FALLOIR MA FAUX...
IL EST GRAND TEMPS QUE JE QUITTE CETTE SATANÉE CHAMBRE D'HÔTEL.

ET MERDE...
HEIN ?
PITIÉ... NON...

... JE ME COUCHE.
J'IMAGINE QUE C'EST PAS MON SOIR DE CHANCE...
KRAAAK
HRN...
SCHLK

RRRRRIIIP
JE T'AI TOUJOURS TROUVÉ FLIPPANT, LA FIN.
PRENDS TOUTES LES ÂMES QUE TU VEUX...
... MAIS PAS LA SIENNE.

L'ÉQUILIBRE DOIT ÊTRE RESTAURÉ.
LÂCHE TOUT DE SUITE CETTE FAUX...
WOMP!

WOOSH
TU NE PEUX PAS LA PROTÉGER. TES EFFORTS SONT... FUTILES.
TAP!
UNGH !
WSSSH
WSSSH
WSSH
WSSSH
TU N'ES PLUS QUE L'OMBRE DE TOI-MÊME...

LÂCHE-LE !
SKRUNK!
CRUNK!
CRONG!
JESSICA HARROW...
CRUNK!
SKRUNK!
CRONG!
SLAM!
IL EST TEMPS.

LAISSE MA FILLE TRANQUILLE...

NON...
JE T'AI DIT DE RESTER EN DEHORS.
HRN !
HORS DE QUESTION, LA FIN...

... J'AI ENFIN UNE CHOSE POUR LAQUELLE JE SUIS PRÊT À MOURIR.
JESS ! QU'EST-CE... ?
J'EN... SAIS RIEN...
NON... IMPOSSIBLE !
SZOCK!
SZOCK!
SZOCK!
SZOCK!
SZOCK!
SZOCK!
SZOCK!

NON !
WSSSSH

PAPA !
NON.
J'ESPÈRE QUE TU ME CROIS QUAND JE DISAIS QUE J'ÉTAIS PRÊT...
... À MOURIR POUR TOI.

NON !
QU'AS-TU FAIT ?

QU'AS-TU FAIT À LA MORT ?
LE SEIGNEUR DE L'AU-DELÀ... TON PROPRE PÈRE... DISPARU PAR TA FAUTE, JESSICA.
ADIRA...
J'AI FAIT TOUT CE QUE J'AI PU POUR TE PROTÉGER...
... POUR ÉVITER QU'UNE TELLE CHOSE NE SE PRODUISE.
MAIS... NON, JE N'AI JAMAIS VOULU... JE NE VOULAIS...
LÂCHE-LA UN PEU, ADIRA.
RECULE OU NOUS DEVRONS...
VOUS NE FEREZ RIEN...

* PAROLES DE LA CHANSON "MY FATHER'S HOUSE" DE BRUCE SPRINGSTEEN

ÉPILOGUE.
...MY FATHER'S HOUSE STOOD SHINING HARD AND BRIGHT.
Agota Kristof The Notebook
LE COURRIER...
TU AS REÇU UNE LETTRE, MA GRANDE.
PERSONNE NE M'ÉCRIT JAMAIS...
... JE N'EXISTE PAS.
À SUIVRE

STEPHANIE PHILLIPS est une auteure américaine connue à la fois pour ses comics et romans tels que *Harley Quinn, Wonder Woman: Evolution* et *The Butcher of Paris.* Ses histoires ont été publiées entre autres chez DC Comics, Aftershock, Oni Press, Heavy Metal, Dark Horse ou encore Top Cow/Image. Elle est également détentrice d'un doctorat en rhétorique et composition.

FLAVIANO est un artiste qui travaille dans les comics et l'animation. Il s'est occupé du storyboard et de l'élaboration des personnages pour différents studios tels que Filmax, Motionworks, Xilam et Rainbow. Ses comics ont été publiés chez Disney, Dargaud, BOOM! Studios, Marvel, DC Comics et Sergio Bonelli Editore. Il réside à Rome.

RICO RENZI est un artiste, coloriste et designer américain. On a pu voir son travail dans le film d'animation récompensé aux Oscars, *Spider-Man: Into the Spider-Verse* et dans différents titres Marvel comme *Spider-Gwen, She-Hulk, Unbeatable Squirrel Girl,* et bien d'autres encore. Il vit à Charlotte en Caroline du Nord avec sa femme et sa fille. NoLongerMint.com

TOM NAPOLITANO est un lettreur dont le travail est apparu dans de nombreux comics depuis 2015 pour des éditeurs comme DC Comics, Comixology Originals, Dark Horse, Dynamite, Humanoids, Valiant et Image sur des titres aussi variés que *Batman: Last Knight on Earth, Wonder Woman: Evolution, We Have Demons, Kaya, The Closet* et bien d'autres encore. Il a également officié en tant que coloriste sur *Tales of the Nighwatchman* et d'autres histoires de complément de *Savage Dragon* pour Image. On peut également voir ses illustrations et ses œuvres dans les pages de Ahoy Comics, Gravely Unusual Magazine et Dead Sky Publishing.

RETROUVEZ TOUS NOS AUTRES COMICS DÉJÀ PARUS

ICE CREAM MAN
Série en cours
128 pages • 18 €

KILLADELPHIA
Série en cours
176 pages • 21,95 €

DUNE
Série en 3 tomes
176 pages • 21,95 €

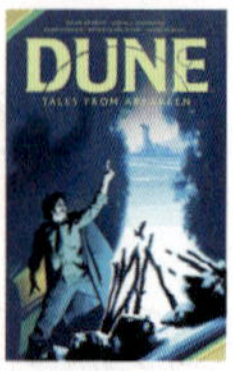

DUNE CHRONIQUES D'ARRAKEEN
One shot
112 pages • 18 €

IRON MAIDEN, L'HÉRITAGE DE LA BÊTE
Série en 2 tomes
144 pages • 18 €

MADMAN, L'INTÉGRALE
Intégrale en 10 tomes
352 pages • 29,95 €

NOCTURNALS, L'INTÉGRALE
Intégrale en 3 tomes
320 pages • 35 €

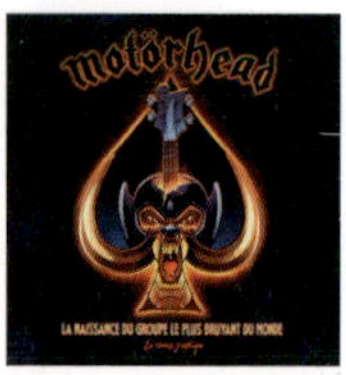

MOTÖRHEAD
One shot
144 pages • 21,95 €

SILVER COIN
Série en 3 tomes
128 pages • 18 €

SEVEN SONS
One shot
224 pages • 26,95 €

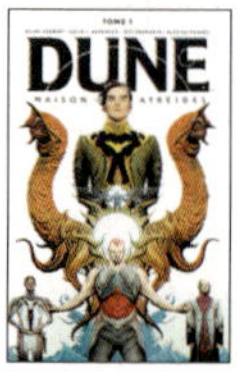

DUNE MAISON ATRÉIDES
Série en 3 tomes
112 pages • 18 €

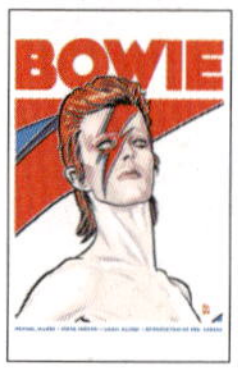

BOWIE
One shot
160 pages • 21,95 €

DOC FRANKENSTEIN
One shot
240 pages • 24,95 €

LA VIE EXTRAORDINAIRE DE JACK KIRBY
One shot
208 pages • 21,95 €

SIMPSON HORROR SHOW
Série en cours
416 pages • 35 €

GIANTKILLER
One shot
276 pages • 29,95 €